Le Couteau
de Cousine

Les Éditions du Boréal remercient le Conseil des Arts du Canada ainsi que
le ministère du Patrimoine et la SODEC pour leur soutien financier.

Les Éditions du Boréal bénéficient également du Programme
de crédit d'impôt pour l'édition de livres du gouvernement du Québec.

© 2002 Les Éditions du Boréal
Dépôt légal : 4e trimestre 2002
Bibliothèque nationale du Québec

Diffusion au Canada : Dimedia
Distribution et diffusion en Europe : Les Éditions du Seuil

Données de catalogage avant publication (Canada)
  Sarfati, Sonia
  Le Couteau de Cousine
  (Boréal Maboul)
  (Laurie l'intrépide ; 3)
  Pour enfants de 6 à 8 ans.
  ISBN 2-7646-0204-9

  I. Goldstyn, Jacques. II. Titre. III. Collection. IV. Collection :
Sarfati, Sonia. Laurie l'intrépide ; 3.

PS8587.A376C68   2002   jC843'.54   C2002-941760-0
PS9587.A376C68   2000
PZ23.S37Co   2002

Le Couteau de Cousine

texte de Sonia Sarfati

illustrations de Jacques Goldstyn

Boréal Maboul

I

La fête de la dinde

Les dindes qui n'ont pas pris à temps leurs ailes à leur cou se sont fait couper les trois. Les deux ailes et le cou, je veux dire. Décapitées et déplumées, elles servent aujourd'hui de centre de table dans les salles à manger. Nous sommes le 8 octobre, jour de l'action de grâce. La journée où l'on remercie les champs et les jardins pour toutes les bonnes choses qu'ils nous ont données pendant l'été.

En cette fête de l'estomac, moi, Laurie Brébeuf, je pensais me régaler chez Cousine Cuisine, qui est un grand chef cuisinier. Elle

est même propriétaire du Plateau garni, le meilleur restaurant de LaPlace. Je me léchais les babines en imaginant la dinde qui allait sortir de ces fourneaux-là ! Sauf que, finalement, je suis invitée au banquet des horreurs. Sur la table se trouvent de la cervelle de bœuf, de la langue de veau et des tripes de mouton. Beurk ! Ça me donne mal au cœur !

Conclusion ? Il ne faut pas se fier aux apparences. Quand Cousine Cuisine m'a accueillie, ce matin, elle tenait un couteau à la main mais elle souriait. Elle a dit qu'elle était très occupée, mais elle semblait heureuse de m'héberger. Eh bien, quelques heures plus tard, voilà qu'elle veut m'empoisonner !

— Ah, ma Laurie, ces bonnes choses doivent te donner l'eau à la bouche !

Je ne crois pas qu'elle veuille entendre la vérité. Surtout qu'en disant cela, elle dépose un autre plat sur la table et...

— Glurp !

Ça, c'est moi en train de m'étrangler de dégoût. Cousine Cuisine vient de déposer une tête de cochon sous mon nez. Elle trouve peut-être que je fais du boudin et elle m'envoie un message…

— J'arrive avec le reste, poursuit-elle joyeusement.

Et, mettant sa menace à exécution, elle place bientôt museau, queue et pattes de cochon sous mes yeux horrifiés. De même que… oh ! merveille ! C'est un hamburger, ça ? Ouououiiii !

— Pour toi, ma chérie. Je me doute que les autres plats ne sont pas dans tes goûts. Ça viendra avec l'âge.

Une raison supplémentaire pour que je ne sois pas pressée de devenir adulte.

— Bon appétit ! lance alors Cousine Cuisine en plongeant dans son assiette.

Elle ne pense qu'à la nourriture, ma cousine, dont le vrai prénom est Caroline. Elle cuisine tout le temps. Là, par exemple. Elle porte un morceau de rognon à sa bouche. Elle fait des petits bruits avec ses lèvres. Et elle fronce les sourcils.

— Ça manque un peu de… basilic ! Mais j'en ai dans le potager.

— J'y vais !

Un peu d'exercice me fera du bien. Et cela m'évitera de la voir découper la tête de cochon. J'attrape donc mes lunettes noires car, dehors, le soleil brille comme en plein été.

Puis je file dans le jardin. Chaque plante y est identifiée. Heureusement pour moi, qui ne sais pas faire la différence entre des tiges de blé et les poils d'un balai.

— Persil, sauge… Marjolaine, pas ça. Thym, non. Ah, basilic !

Les herbes s'écartent à l'instant où je prononce ce mot. Et un coq énorme m'apparaît. Finalement, je vais l'avoir, mon poulet grillé ! Cousine Cuisine me réservait-elle une autre surprise ? Pas du tout. C'est le coq qui m'en réserve une.

— On m'a appelé ? siffle-t-il.

2

Coq et coca

Je me trompe ou les coqs sont censés chanter « Cocorico »…

— On m'a appelé ? répète le volatile.

Je me trompe. Ce coq parle aussi bien que moi. Enfin, que moi en temps normal. Parce que, en ce moment, tous les mots que je connais sont coincés dans ma gorge. Muette mais curieuse et courageuse, je me penche pour mieux examiner l'oiseau. Et au moment où je me retrouve nez à bec avec lui…

— Couiiiiiaaaac ! grince-t-il.

En plus de parler, il imite le cochon ! Je n'ai pas le temps de lui demander s'il a d'autres cordes à son arc : il a disparu. J'ai toutefois eu le temps de voir que son corps se termine par une queue de serpent et que ses ailes sont hérissées de piquants ! Quelle horreur ! À mon tour de courir, sauf que je pars dans la direction opposée.

— Cousine Cuisiiiiine !

— Ah, Laurie ! Tu as trouvé mon basilic ?

— Bas… Mais… coq et… Basil…

Cousine Cuisine ouvre des yeux pleins de points d'interrogation.

— Calme-toi, voyons ! On dirait que le soleil t'a cogné sur la tête. Assieds-toi et, tiens, prends un verre de coca.

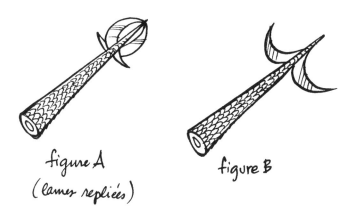

figure A
(lames repliées)

figure B

— J'aime pas le caca… heu, le coca !

Je bafouille tant qu'il me faut une éternité pour décrire le Basilic à Cousine Cuisine.

— Une queue de serpent, répète-t-elle quand j'ai terminé.

Ma rencontre la trouble. Moi qui pensais qu'elle ne me croirait pas. Au contraire ! En parlant, elle tend la main vers son couteau. Ses doigts se crispent sur le manche et… clac ! Ils déclenchent un mécanisme et la lame s'ouvre en deux, à la manière d'une paire de ciseaux.

Elle forme maintenant un W qui brille d'un éclat froid.

— Oh ! fait Cousine Cuisine en sursautant.

Elle rougit et referme cette étrange lame, qui n'est pas lisse comme les lames normales mais sculptée de centaines de petites coches semblables à des écailles.

— Il est spécial, ton couteau ! dis-je d'une voix mal assurée.

— Mmm… fait vaguement Cousine Cuisine. Pour en revenir au Basilic…

— Il s'est sauvé quand je me suis penchée vers lui.

Cousine Cuisine se redresse sur sa chaise.

— Bien sûr ! Tu portais tes lunettes miroir, non ?

— Heu… oui.

— Alors, je comprends tout.

Tant mieux. Moi, je ne comprends rien. Et ce n'est pas Cousine Cuisine qui va m'expliquer. Elle me rappelle qu'elle est très occupée, et qu'elle va m'abandonner jusqu'au souper.

— Évite par contre de retourner dans le potager.

Ce qui ne l'empêche pas, elle, de passer l'après-midi dans le jardin. Ses lunettes noires sur le nez, même une fois le soleil couché, elle répète :

— Peeeeetit, petit, petit !

Je crois qu'elle n'a pas compris que le Basilic n'est pas un vulgaire poulet. D'ailleurs, je viens de me rappeler qu'il portait une couronne sur sa crête !

3

De la sorcellerie
à l'assiette

Le bruit me tire du sommeil en pleine nuit.

— Tchak ! Tchak ! Cling !

Cela vient de la cabane qui se trouve près de la fenêtre de ma chambre. Je me glisse hors de la maison pour voir ce qui se passe là-dedans. Debout devant une table de marbre, Cousine Cuisine me tourne le dos. Elle cuisine dans sa cuisine secrète. Peut-être qu'à minuit, elle ouvre son restaurant aux créatures nocturnes ! Des croque-monsieur pour les loups-garous et de la sangria pour les vampires…

Oups ! Peu importe ce qu'elle était en train de faire, ça n'a pas marché. La voilà qui lève son couteau et l'abat à répétition sur quelque chose. Une botte de radis refuse qu'elle lui marche sur les pieds ? Un homard ne veut pas lui serrer la pince ? Ce n'est plus de la cuisine mais du massacre ! Si je ne veux pas passer au hachoir à mon tour, je devrais peut-être me cacher : Cousine Cuisine marche d'un pas vif vers la porte.

Dès qu'elle a disparu dans la maison, j'entre dans la cabane. Des instruments bizarres jonchent la table. Des serres miniatures courent le long des murs. Et il y a de la nourriture partout. Des cadavres de radis et

de brocolis sur la table. Des légumes et des fruits dans les réfrigérateurs. Quant à la porte située sur le mur du fond, elle s'ouvre sur…

— Yeark !

C'est un autre réfrigérateur, immense celui-là. Je pourrais y entrer si je le voulais. Mais il faudrait me tuer pour que je le veuille. L'endroit est plein d'énormes morceaux d'animaux congelés pendus au plafond par des crochets. En moins de temps qu'il ne faut pour cligner des

yeux, je referme la porte, recule vers la table…
et heurte une étagère. Un livre s'écrase alors
sur le plancher avec un claquement sec.

— Haaaa ! fais-je en trébuchant et en
m'étalant de tout mon long.

En frottant mon postérieur douloureux,
j'attrape le bouquin. Il ressemble à un grimoire
de sorcière. Et j'y découvre… des recettes de
presque sorcière ! Cousine Cuisine crée des or-
ganismes gravement modifiés ! Des OGM,
quoi ! Du moins, elle essaie. Elle a ainsi croisé
des radis avec des brocolis pour es-
sayer d'obtenir des broco-
ras, c'est-à-dire un légume
qui aurait des racines de
radis et des fleurs de brocoli.

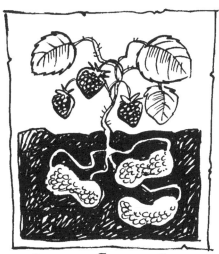

*fig. 24 Frais Caca
(frasus Cacaus)*

Là-dessus, je tourne la page. Et j'éclate de rire. « Les frais-cacas » ! J'approche le livre de mes yeux afin de m'assurer que j'ai bien lu. Cousine Cuisine a vraiment écrit « Les frais-cacas » ! Moi, j'en fais tous les matins sans avoir besoin de recette ! Bon, sérieusement, elle a essayé d'inventer une plante dont les racines seraient des cacahuètes et dont les fleurs donneraient des fraises. Cette idée me plaît davantage que celle du brocora. Mais si Cousine Cuisine parvient à fabriquer ces frais-cacas, elle devra changer leur nom. Sinon, je doute qu'elle trouve beaucoup d'amateurs.

— Des frais-cacas du jour ! Achetez mes beaux frais-cac…

Je m'interromps brutalement. Une idée terrible m'a traversé l'esprit. Se pourrait-il que, dans sa cuisine-laboratoire, Cousine Cuisine ait mélangé un volatile et un reptile pour créer… un coq-serpent qui parle ?!

4

Sa Majesté des poules

—Hum, hum… fait alors quelqu'un dans mon dos.

La panique me serre la gorge et je m'étouffe comme si j'avais avalé un frais-caca de travers. Cousine Cuisine, puisque c'est elle, ne semble pas avoir pitié de moi. Si les flammes qui brûlent dans ses yeux pouvaient m'atteindre, je grillerais à la manière d'une rondelle de pomme de terre dans l'huile bouillante. Des chips Laurie ! Délicieuses avec une trempette de brocora !

— Tu avais une petite faim, Laurie ? Dans
ce cas, tu t'es trompée de cuisine. Tu ne trou-
veras rien d'original, ici, à te mettre sous la
dent.

Tandis qu'elle prononce ces derniers mots,
le feu s'éteint dans ses yeux. Il y est remplacé

par la déception. Et mes craintes cèdent la place à la tendresse. Si Cousine Cuisine est une savante folle, je dois l'aider. Après tout, elle est de ma famille.

— Si tu m'expliquais ce qui se passe ?

— Pourquoi pas ? soupire-t-elle.

Et elle me raconte qu'elle rêve de gagner les Fourchettes d'or au Grand Prix des tabliers (le GPT pour les habitués). Elle s'y est présentée à neuf reprises mais elle a joué de malchance. La première fois, elle avait le rhume. À cause de son nez bouché, elle avait mal dosé les épices et raté son plat. L'année suivante, son boucher était en grève. Elle avait dû improviser une recette de jambon… sans cochon. Et ainsi de suite.

Si elle ne remporte pas de prix cette année,

elle ne pourra plus jamais proposer ses recettes au concours. Pour mettre la chance de son côté, elle a décidé d'inventer un plat à partir d'ingrédients qu'elle aurait inventés aussi.

— Et ce serait utile ! Tu sais le gaspillage qu'on fait avec les radis. Ce tas de feuilles qu'on jette aux ordures ! Avec le brocora, tout peut aller dans l'assiette !

Moi, j'enverrais tout dans les poubelles…
mais je comprends l'idée de Cousine Cuisine.

— Le problème, poursuit-elle, c'est qu'il
ne reste qu'un mois avant la compétition. Or
je n'ai pas réussi une seule expérience.

— Et… et le coq-serpent qui parle ?

— Le coq-serpent qui parle, répète pensi-
vement Cousine Cuisine. Tu as raison, Laurie, tout mon espoir est dans cet animal.

En disant cela, elle brandit son couteau
sous mon nez.

— Cet objet extraordinaire m'a été vendu
par un marchand qui venait du désert de
Gobahara. Il m'a assuré que
cette lame est la pointe de la
queue d'un Basilic. Le coq-serpent
qui parle, comme tu dis.

— Attends ! Le Basilic… Ce n'est pas toi qui l'as… heu, fabriqué ?

— Bien sûr que non ! Là, ma chérie, tu fais fausse route.

Elle m'explique que le Basilic serait le roi des poules… ou des serpents, elle ne sait plus trop. Il naîtrait d'un œuf pondu par un coq âgé de sept ans et couvé pendant dix ans. Et il serait très très dangereux.

— Son regard est mortel pour tout le monde… même pour lui, conclut Cousine Cuisine. S'il se voit dans un miroir, il meurt sur-le-champ.

Voilà pourquoi il a fui quand je me suis approchée de lui, mes lunettes miroir sur le nez ! Mais ce que je ne parviens pas à saisir, c'est pourquoi Cousine Cuisine pense gagner les

Fourchettes d'or grâce à lui. Veut-elle le cuisiner pour le jury ?

5

La lame qui ne tue pas

Mon idée amuse Cousine Cuisine.

— Je veux impressionner les jurés, pas les empoisonner ! Même mort, cet animal m'inspire de la méfiance.

— Tu dis pourtant qu'il est ton seul espoir de remporter le GPT !

— Oui, mais à cause de ça ! répond Cousine Cuisine en pointant le couteau vers moi.

L'homme du désert lui a affirmé que la lame du couteau a des propriétés magiques. Les choses vivantes que l'on tranche avec peuvent être recollées, sans garder trace de blessure.

— Je pourrais couper un radis en deux, y coller une moitié de fleur de brocoli, replanter le tout et attendre que cela produise des graines. Et ces graines seraient des graines de brocora !

— Génial ! Tu as essayé ?

En guise de réponse, Cousine Cuisine attrape une pêche. Elle la coupe en deux, m'en montre les morceaux à la manière d'un magicien qui fait « rien dans les mains, rien dans les poches ». Puis elle les replace l'un sur l'autre et me tend le fruit. Je l'attrape. Pour bientôt m'apercevoir que je tiens… deux moitiés de pêche.

— Ça ne marche pas !

— C'est pour ça que, jusqu'à tout à

l'heure, je croyais que le marchand m'avait es-croquée, soupire Cousine Cuisine. À présent, je sais qu'au moins une partie de son récit est vraie. Le Basilic existe, tu l'as rencontré. Mais la magie, où est-elle ?

Et elle se met à tourner en rond en faisant de grands gestes avec le couteau. Elle va finir par se faire mal.

— Si tu te blesses, je ne pourrai pas te réparer : nous ne savons pas encore comment fonctionne la lame.

Ma farce a le mérite de stopper l'élan de Cousine Cuisine et de la faire sourire.

— Allons nous coucher, décide-t-elle. Il est tard. Je reprendrai mes expériences demain. Avec ton aide, si tu le veux.

Certain, que je le veux ! Je le veux tellement que je ne parviens pas à m'endormir. En désespoir de cause, je joue à la bergère et compte des moutons.

— Un… et deux… et trois… et… OUI ! ! !

Je crois que j'ai compris. La magie, c'est peut-être comme la colle ! J'essaie d'expliquer cela à Cousine Cuisine, que j'ai tirée du lit

pour l'entraîner dans la cuisine-laboratoire. Et, puisqu'elle ne saisit pas, je m'empare du couteau et je passe à l'action après avoir déposé ma montre à côté de moi. J'ai en effet besoin de voir le temps s'écouler.

Je tranche un navet en deux en regardant trotter l'aiguille des secondes. Je rapproche ensuite les morceaux et… rien. Ça ne fonctionne pas. Et ça ne m'étonne pas. Je recommence avec une carotte. Zut ! Un morceau m'échappe. Je le ramasse mais, je le sens, l'expérience ne réussira pas cette fois-ci non plus.

Et, naturellement, j'ai raison. J'attrape ensuite une banane. Un ! Je coupe ! Deux ! Je sépare ! Trois ! Je replace les deux moitiés l'une sur l'autre ! Quatre…

— Ben… ça alors ! fait Cousine Cuisine, estomaquée.

Je ne peux pas dire mieux. En fait, je ne peux rien dire tellement je suis moi-même stupéfiée. La banane est intacte ! Comme si elle n'avait jamais été coupée.

6

La malédiction dans les chaudrons

En comptant des moutons pour m'endormir, j'ai pensé à mon mouton-tirelire. Un jour, j'avais cassé une de ses oreilles et je l'avais réparée avec de la super-colle. Mais, pour que l'opération soit un succès, il fallait placer les morceaux l'un sur l'autre dans les dix secondes suivant l'application de la colle.

Je me suis dit que la magie du couteau marchait peut-être de la même manière.

— Et tu avais raison : il y a un temps limite

très court pour mettre en contact les morceaux que l'on vient de couper ! constate Cousine Cuisine, émerveillée devant la banane miraculée. Demain, nous ferons d'autres tests. Maintenant, au dodo !

C'est le sourire aux lèvres que nous nous endormons. Sauf que ce ne sont pas des rires mais des pleurs qui me réveillent le lendemain. Je jette un coup d'œil à ma montre. Midi et demi ! Moi qui me réveille d'habitude au chant du coq ! Sérieux : ma montre fait « Cocorico » à toutes les heures. Ben… quoi ? Ce n'est pas pire que « Bip-bip ! Bip-bip ! » Enfin, passons. Moins d'un quart d'heure après avoir ouvert les yeux, je déboule dans la cuisine du Plateau garni. Les pleurs viennent de là.

— Ma salade ! Ma sala-a-a-a-de ! pleure Cousine Cuisine.

— Quelle salade ?

Oups ! Je n'aurais pas dû dire ça : Cousine Cuisine ne sanglote plus, elle est devenue une fontaine braillarde. Entre trois gémissements, je finis par comprendre que les assiettes posées en vrac sur la table sont celles que les clients ont retournées.

— Ils m'ont… m'ont ac… accusée de ne pas avoir lavé la salade, hoquette Cousine Cuisine.

— Non, noooon… Ils se trompent, voyons.

Par acquit de conscience, j'attrape une feuille, la croque et…

— Pouah ! C'est plein de sable… ou de cendres là-dedans !

Zut ! C'est sorti tout seul. Et Cousine Cuisine se transforme en chutes Niagara.

— Mademoiselle Caroline ! crie alors une serveuse, énervée, en entrant dans la cuisine. Le couple assis à la table 4 vous demande.

J'accompagne Cousine Cuisine dans la salle. Je sens venir un désastre. Je ne me trompe pas. L'homme et la femme sont furieux. Leurs huîtres sont fendues et la carapace de leur homard a éclaté. À la table d'à côté, deux dames hurlent : elles ont trouvé

des cailloux dans leur cassoulet. Cousine Cuisine, pâle comme la mort, tente de comprendre et d'expliquer. Mais il est trop tard : les clients se lèvent et détalent. Et c'est dans un restaurant vide que s'abat le déluge qui coule des yeux de Cousine Cuisine.

Je ne suis toutefois plus là pour éponger les dégâts. J'ai mieux à faire. Je suis sûre que la présence du Basilic dans le jardin n'est pas étrangère à la malédiction qui frappe Cousine Cuisine. Ce n'est pas une intuition : je viens de l'apercevoir par la fenêtre, perché sur le bord du puits. Et je suis certaine qu'il riait dans sa barbe. Enfin, dans les trucs rouges qui pendent sous son bec.

J'attrape donc mes lunettes de soleil et je sors du restaurant, armée de mon courage. Et… heu, du couteau magique.

7

Le chant du coq

Je sais que ce n'est pas bien mais je l'ai fait. J'ai volé le couteau à Cousine Cuisine. Il me faut quelque chose pour négocier avec le coq-serpent qui parle. Ou une arme pour me défendre contre lui. Je marche dans sa direction d'un pas décidé et je crie :

— Toi, le Basilic ! Ne bouge pas, j'ai deux mots à te dire.

Un sifflement menaçant me répond.

— Enlève cccces lunettes !

— Pas question. Maintenant, avoue !

Une langue de serpent glisse entre les deux parties du bec de l'animal. Il n'ose pas me regarder, de crainte de voir son reflet dans mes lunettes et, ainsi, de se tuer.

— Que veux-tu que j'avoue ? grince-t-il.

— Que tu es allé dans la cuisine de Cousine Cuisine pour saboter ses plats !

— Oh, çççççça ! siffle-t-il avec dédain. Bien ssssûr que je l'ai fait. Cccc'est sssi ssssimple pour moi. Mon ssssouffle réduit les plantes en ccccendres ou en cailloux. Et il fait exxxxploser la pierre et les coquilles. Cccce n'est pas pour rien ssssi j'habite dans un désert : je brûle tout cccce qui m'entoure. Je pourrais d'ailleurs faire ccccela avec cccce beau jardin. Tu peux le dire à ta cousine.

Quelle horrible bête ! Et je n'ai encore rien vu :

— Dis-lui également que je continuerai à l'embêter tant qu'elle ne m'aura pas rendu cccce qui m'appartient, poursuit-il. Jusqu'à cccce que je me fâche vraiment. Je me percherai alors ssssur la tête de sssson lit et, quand elle ouvrira les yeux, sssson regard rencontrera le mien. Cccce soir-là, il y aura de la Cousine Cuisine grillée dans les assssssiettes du Plateau garni.

Un monstre ! C'est un vrai monstre ! Mais moi aussi, je peux être monstrueuse. Je ssssors…

oups ! Je sors le couteau de sous ma chemise et
je le tiens à bout de bras, au-dessus du puits.

— C'est ça que tu cherches ?

Il jette un coup d'œil dans ma direction,
toujours en faisant attention de ne pas se voir
dans mes lunettes. Sa queue de serpent
fouette l'air tandis qu'il siffle :

— Rends-le-moi ! J'ai ssssuivi le marchand depuis Gobahara afin de le récupérer. Tout çççça, à cause de ccccette belette qui m'a attaqué pendant que je dormais. Elle aurait pu me tuer. Elle n'a eu que ma queue…

— Ainsi, les belettes peuvent tuer les Basilics ! C'est bon à savoir, fais-je sur un ton moqueur. Il y en a justement un élevage dans le village voisin.

— Quoi… ac ? ! émet l'animal d'une voix étranglée en faisant un pas vers moi.

— Je plaisante. Et toi, reste tranquille ou je jette le couteau dans le puits.

— TU… QUOAAAA ? ! hurle alors le Basilic.

Oh, oh ! Je n'aurais pas dû le provoquer. Il est fou de rage. En une fraction de seconde, il

déploie ses ailes hérissées de piquants. Il s'élève dans les airs et plonge sur moi. Ses grosses pattes griffues arrachent mes lunettes. Je ferme aussitôt les yeux, tout en m'effondrant sous le choc. Et je laisse tomber le couteau dans le puits.

J'entends bientôt un « plouf ! » lointain.
Un horrible sifflement de colère. Puis, un
« Cocorico ! » Et, enfin, plus rien.

8

La fin ? Pas vraiment !

Ma montre a tué le Basilic. Je l'ai compris plus tard en regardant dans une encyclopédie. On y parlait des trois moyens qui permettent de supprimer le légendaire volatile : lui montrer son reflet, lancer une belette à ses trousses… et lui faire entendre le chant d'un vrai coq ! Bref, quand ma montre a lancé son « Cocorico ! » annonçant qu'il était 13 h, le Basilic est tombé en poussière !

Pour ce qui est de Cousine Cuisine, je l'ai rassurée sur ses talents de cuisinière en lui

expliquant que tout était de la faute du coq-serpent parlant. Les gens de LaPlace ont d'ailleurs vite recommencé à fréquenter le Plateau garni. Surtout lorsque Cousine Cuisine a remporté les Fourchettes d'or ! Elle n'a pas présenté de salade de brocoras et de fraiscacas au concours, mais un coq farci au serpent. Il paraît que c'était délicieux grâce aux fines herbes qu'elle a employées. De l'estragon, du persil, de la marjolaine… Un tas de trucs, mais pas de basilic ! Elle n'en utilise plus dans ses recettes.

Quant au couteau magique, il a été impossible de le récupérer. Comme le puits communique avec une rivière, il serait tombé entre les mains d'une jeune chanteuse d'opéra qui rêvait de devenir championne de natation. Personne ne sait ce qu'elle a fait du couteau mais, peu après l'avoir trouvé, elle a disparu et une petite sirène à la voix merveilleuse est apparue dans l'océan. Une petite sirène qui rêvait d'avoir des jambes.

Mais ça, c'est une autre histoire.